Anfang ohne Ende

Über den Autor

Christof Then, Jahrgang 1956, ist geboren und aufgewachsen in München.

Er ist der Gründer und Leiter der Schreibwerkstatt Ettlingen. 2023 hat er mit sieben Autorinnen und Autoren dieser Schreibwerkstatt das Buch Wenn sich Kreativität und Poesie begegnen veröffentlicht.

Das Thema seiner Erzählung Anfang ohne Ende beschäftigt ihn seit seiner Jugend: Bestehen die Muster von damals noch heute? Was wurde – sprachlos (bewusst oder unbewusst) – von damals übernommen und wirkt bis ins Jetzt?

Christof Then

ANFANG OHNE ENDE erzählt von den
Mustern der Indoktrination der Hitlerjugend zur Zeit des Nationalsozialismus und
den Folgen und Auswirkungen auf die
Bundesrepublik Deutschland

Impressum

© 2024 Christof Then

Lektorat: Corina Retzlaff, finetexts.com

Covergestaltung: Ronny Lier, finetexts.com

Weitere Mitwirkende: Axel Schilling, axel-schilling.de

Druck und Distribution im Auftrag des Autors: tredition GmbH, An der Strusbek 10, 22926 Ahrensburg

Paperback: ISBN 978-3-384-12700-6

Hardcover: ISBN 978-3-384-12701

Inhaltsverzeichnis

Blick in die Tiefe & Déjà Vu

Franz machte sich früh am Morgen auf den Weg zur Almhütte. Die Sonne hinter dem Gebirgspanorama stieg langsam am Horizont empor. Er ging den Serpentinenweg hoch und ließ die kleine Almhütte, in der er die nächsten Tage verbringen wollte, hinter sich. Es ging ihm viel durch den Kopf, ausgelöst durch den seit einigen Monaten laufenden Auschwitzprozess.

Was hat das mit mir zu tun? Wir wussten doch gar nichts von alldem, wir haben doch keine Schuld, wir haben doch nur getan, was wir tun mussten! Lasst uns verdammt nochmal mit der Vergangenheit und euren Schuldzuweisungen in Ruhe!

Er liebte die Einsamkeit hier, die Schönheit der aufgehenden Sonne. Die finsteren, düsteren Gedanken, die immer wieder hochkamen, versuchte er, mit jedem Schritt, den er vorwärtsging, hinter sich zu lassen. Er sah nach unten in einen kleinen Garten, der von einer hohen Mauer umgeben war, an der eine große Eiche stand, die er berühren konnte, so hoch war sie, so nah stand sie bei ihm. Unten auf der Wiese des Gartens lagen Menschen in Liegestühlen, Familien mit Kindern, und sonnten sich.

Plötzlich ergriff ihn ein tiefer Schwindel: Menschen in ganz einfacher Kleidung bewegen sich mühsam fort, können sich kaum auf den Beinen halten, manche liegen wie leblos auf dem Boden, mager, mit dürren, eingefallenen Gesichtern wie Knochengerüste, nur noch Haut und Knochen, kaum mehr Leben in ihnen, Frauen, Männer, junge, alte Menschen, auch Kinder. Das Einzige, was zählt, sind Führer, Volk und Vaterland. Junge Menschen stürmen in einen Buchladen, werfen Tische um, zerschlagen Tischplatten, zerstören Bücherregale, zertrümmern Stühle, trampeln mit ihren Füssen auf den Büchern herum, demolieren alles, was ihnen in die Hände fällt. Juden sind hier unerwünscht. Jetzt geht der Jude endlich kaputt, jagt ihn davon. Ein kleines Mädchen schreit weinend um Hilfe. Ein Mensch schlägt auf das Mädchen ein. Halts Maul, du Sara, du!

Ein Hund läuft durch den Garten. Ein Schäferhund muss rasserein gehalten werden. Wir als deutsche, reinrassige Schüler dürfen stolz sein, denn das deutsche Volk ist die wichtigste aller nordischen Rassen. Da, schau her, schau, der Dreckjude, der den Krieg macht. Schau, was fällt dem ein, einfach einem Arier einen Platz wegzunehmen? Steh auf, du Dreckjude, du, aber sofort!

Ein Junge wird von einem anderen hochgehoben.

„Unsre Fahne flattert uns voran.

In die Zukunft ziehn wir Mann für Mann.

Wir marschieren für Hitler durch Nacht und durch Not,

Mit der Fahne der Jugend für Freiheit und Brot.

Unsre Fahne flattert uns voran.

Unsre Fahne ist die neue Zeit.

Und die Fahne führt uns in die Ewigkeit.

Ja, die Fahne ist mehr als der Tod."

Wir müssen diesen vom jüdischen Denken infiltrierten Menschen, wo auch immer wir ihnen begegnen, entschlossen entgegentreten. Vor allem vor den Juden müssen wir uns in Acht nehmen, die planen die Weltherrschaft. Ein Zug, alle Menschen mit Judenstern stehen ganz dicht beieinander, können sich nicht bewegen, so eng ist es. Ein Mädchen winkt weinend jemandem zu, der draußen dem vorbeifahrenden Zug nachschaut, neben ihr steht einer von der Gestapo.

Unsere arische Volksgemeinschaft braucht ihren Lebensraum, um sich verwirklichen zu können. Der Dienst mit der Waffe wird zu einem wichtigen Teil unseres ganzen kämpferischen Lebens. Schwankende Menschen, die sich kaum auf den Beinen halten können, ein Mädchen, das sich verzweifelt an zwei Erwachsenen festklammert: Bitte, bitte, hilf mir, ich verdurste! Menschen werden von einem in SS-Uniform erschossen. Die infernalische Weltpest Bolschewismus muss ausgerottet werden, und an deren Beseitigung mitzuhelfen, ist Pflicht eines jeden verantwortungsbewussten Menschen.

Auf einem Spielplatz spielen friedlich und innig ein Junge und ein Mädchen im Sand.

Ein Junge schießt wieder und wieder und wieder. Menschen, Juden, vor einem langen, tiefen Graben, ein Mensch von der SS erteilt den Befehl, sie zu erschießen. Franz sieht sich mit einer Panzerfaust in der Hand. Hitlerjungen sind zäh wie Leder, flink wie Windhunde und hart wie Kruppstahl. Er sieht sich nähernde Panzer, gespaltene Panzer, Totenschädel, die ihn anstarren und ihm zuflüstern.

Franz lief den Serpentinenweg hinab, so schnell er konnte, wollte den Bildern, den Menschen entkommen, doch sie liefen ihm nach. Er sah ihre Körper, sie verfolgten ihn, wohin er auch lief, da hörte er eine Stimme:

Folge nicht dem Nationalsozialismus, son-
dern folge der Bundesrepublik Deutschland,
vergiss, was gewesen ist, und begrüße die blü-
henden Landschaften, das Deutschland des
wirtschaftlichen Aufschwungs und Wohlstands

Von Hunden und Hühnern

Die wöchentlichen Treffen mit dem Jungvolk waren Teil des Alltags von Franz. Eigentlich ging er gerne dorthin, es war immer viel los, er erfuhr dort, dass es was Besonderes sei, Deutscher zu sein und dass es darum ging, seiner Rasse nach zu leben. Da fühlte er sich irgendwie stark und mächtig.

Gleichzeitig wusste er auch, blieb er fern, ging er nicht zu den Treffen des Jungvolks, dann würde er Druck bekommen von dem HJler, der das Jungvolk, die *Pimpfe*, wie sie genannt wurden, leitete. Es war da auch dieses unbestimmte Gefühl, dieses *Ich muss dahin!* Aber viel stärker noch war das *Ich will, ich will ein guter Deutscher sein!*

Das heutige Thema war *Tiere*, also was Tiere mit Menschen gemeinsam haben oder so ähnlich, und Franz war gespannt, was er da Neues erfahren würde, denn er liebte Tiere.

Er verließ das Haus, in dem er mit seinen Eltern wohnte. Unten vor der Tür des

Hauses begegnete ihm, wie jeden Morgen, der für diese Gegend zuständige Blockwart. Heute hob Franz zum ersten Mal die Hand zum Hitlergruß.

„Heil Hitler!", rief er.

„Heil Hitler!", hallte es zurück.

Franz ging weiter, vorbei an einem Laden mit einem Schild *Kauft bei keinem Juden! Juden ham hier nichts zu suchen, sie vergiften das ganze Volk, sind unser Unglück, eine minderwertige Rasse!*

Das hörte Franz jeden Tag im Jungvolk, in der Schule und von seinen Eltern. Er glaubte es.

Franz ging weiter und betrat die Schule, ging den langen Gang entlang, vorbei an den einzelnen Klassenzimmern hin zur großen Treppe, die in den ersten Stock führte, wieder einen langen Gang entlang, vorbei am Lehrerzimmer, vorbei am Zimmer, in dem sich diejenigen trafen, die das Jungvolk leiteten, dort wo die Heimabende für die HJler und die Heimnachmittage für die *Pimpfe* vorbereitet wurden. Er betrat den

Raum, in dem sie sich an den Nachmittagen immer trafen.

Auf dem Tisch lagen Ausgaben der Schülerzeitschrift *Hilf mit*. Sofort fiel sein Blick auf die Februar-Ausgabe mit einem Titelblatt, auf dem zwei Mädchen in Trachten, ungefähr in seinem Alter, auf einer Schulbank saßen und aufmerksam lauschten, was ihnen mitgeteilt wurde. Unter dem Bild stand: *Überall steht die deutsche Schule im Kampf für unser Volkstum und deutsche Art.* Daneben waren die großen Vorbilder der Jugend, Hitler und Göring, in Uniform abgebildet.

Unweit davon lag die Ausgabe mit dem süßen kleinen Hund, dem Dackel, dem kleinen Strolchi, mit der witzigen Aufschrift: *Wer spricht da von Knochen?*

So ein lieber kleiner deutscher Hund, dachte Franz, ja, er fühlt sich wohl.

Er setzte sich neben seinen Freund Johannes, den er schon kannte, seitdem er denken konnte.

Vorn am Pult stand Josef und sagte: „Heute wollen wir ja über Hunderassen und Hühner reden. Ich hatte euch ja das letzte Mal aufgefordert, das Heft 1 von *Hilf mit* zu lesen. Was also haben Hunde und Menschen gemeinsam?"

Schweigen.

„Also", fuhr Josef fort, „das Reinrassige macht ihren Wert aus: Ein Dackel, ein Schäferhund muss rasserein gehalten werden. Nur so können sie reine Dackel, reine Schäferhunde sein. Nur so kann sich das Wesen des Dackels und das Wesen des Schäferhundes voll und ganz entfalten. Und das macht sie zu starken Hunden. Und das gilt auch für die Menschen! Das Reinrassige ist das Entscheidende! Zum nächsten Punkt: Was bedeutet Nationaler Gesundheitsdienst? Johannes?"

„Der Nationale Gesundheitsdienst", antwortete Johannes, „soll das ganze Volk gesund machen. Also, wie bei einer Hühnerfarm, da gibt es ja gesunde Hühner und kranke Hühner, und logisch, der Besitzer einer Hühnerfarm scheidet alle kranken Hühner aus. Denn die kranken Hühner taugen nichts und die Eier sind viel kleiner und wertloser als die von gesunden. Und die jungen Hühner, die daraus schlüpfen, werden schneller krank und stecken die Gesunden auch noch an. Das wäre doch doof vom Besitzer der Hühnerfarm, wenn er sich die ganze Zeit um die Kranken kümmert, damit sie am Leben bleiben. Da würden ja auch die Gesunden drunter leiden und minderwertig werden."

„Ja, Johannes, genau. Hast dich gut vorbereitet, gut so!", sagte Josef. „So gehört es sich! Das heißt: Der vernünftige Besitzer würde alle kranken Hühner ausscheiden. Jetzt stellt euch mal vor, das deutsche Volk ist wie eine große Hühnerfarm, und die Regierung, also Hitler und Goebbels, leitet und regiert dieses große Volk, nicht nur in der Wirtschaft und der Politik, sondern auch im Bezug darauf, dass es wirklich gesund lebt. Nicht so wie die früheren Regierungen, die sich viel zu stark um Kranke und Schwache gekümmert haben, um alles, was minderwertig, leistungs- und arbeitsunfähig war. Wesentlich ist, dass alles Gesunde im Mittelpunkt steht. Und eure Pflicht ist es, gesund zu sein, euch gesund zu erhalten, leistungs- und arbeitsfähig zu werden, damit ihr dem deutschen Volk dienen und eure Pflicht erfüllen könnt! Vergesst also nie: Das Einzige, das zählt, sind Führer, Volk und Vaterland! Und verinnerlicht folgendes Gedicht:

Ich bin geboren, deutsch zu fühlen.
Bin ganz auf deutsches Denken eingestellt.
Erst kommt mein Volk.
Dann all die anderen vielen.
Erst meine Heimat.
Dann die Welt."

Josef beendete den Heimnachmittag des Jungvolkes „Heil Hitler!"

„Heil Hitler!", hallte es ihm einmütig entgegen.

Der Heimnachmittag war wieder schnell vergangen und Franz war aufgeregt. Er hatte gar keine richtige Sprache für das, was er da fühlte, er wollte ein guter deutscher Junge sein und alles tun, was da von ihnen, den *Pimpfen*, erwartet und gefordert wurde. Aber er war sich unsicher: War er wirklich gut und gesund genug, um ein guter Deutscher zu sein?

Erbkrank?

Heute sollte es einen Vortrag geben zum Thema *Krankes Leben*.

Josef ergriff das Wort: „Es geht um die Menschen, die halb Tier, halb Gespenst zu sein scheinen, um die grausigsten und niederdrückendsten aller Erscheinungen, die es in der Welt gibt. Es geht um die Erbkranken, jenseits der Volksgesundheit und einer gesunden deutschen Volksgemeinschaft. Manche dieser kranken Menschen sind über lange Zeit gesund, ganz normal, doch plötzlich bekommen sie einen Anfall. Hat jemand von Euch schon mal so einen Menschen erlebt?"

Johannes meldete sich: „Ja, also bei uns im Haus, da im zweiten Stock, da ist es normalerweise still. Doch manchmal schreit plötzlich jemand rum, und dann hört man die Kinder weinen und …"

„Ja, und ich", meldete sich Matthias, den Franz ziemlich gut kannte, „ich war die Mauer hochgeklettert, um in den Garten neben dem Fußballplatz zu kommen. Da war der Ball drüber geflogen und deswegen wollte ich über die Mauer steigen. Und da sah ich durchs Fenster zwei Gestalten, die schrien ganz laut, einer hämmerte wie wild mit seinen Fäusten gegen die Mauer und der andere rannte wie wild durchs Zimmer. Dann sah er mich durchs Fenster, lief auf mich zu und wollte nach mir greifen. Danach konnte ich noch in einen anderen Raum schaun, da waren lauter Menschen, die ham erst gesungen, kreischten dann aber plötzlich los, wie besoffen irgendwie, und tanzten total wild rum. Da hab ich echt Angst bekommen und bin so schnell wie möglich abgehauen."

„Boah, Matthias, da hast du ja echt was erlebt, schlimm!", sagte Josef. „Doch ihr müsst wissen, dass nicht jeder Idiot und Verrückte hinter die Mauer gebracht wird, denn es gibt viel zu viele davon. Und du, Johannes, hast ja auch einen in deinem Haus erlebt. Und was folgt nun aus dem, was wir da gehört haben, was ziehen wir Nationalsozialisten daraus für Schlussfolgerungen? Wir müssen das Ziel einer gesunden deutschen Volksgemeinschaft erreichen! Daher ist es gut, wenn ihr viele gesunde Geschwister habt, denn dann werdet ihr, wird eure Familie viel deutsches Blut weitergeben an die Generationen, die nach euch kommen. Das heißt, die Pflege der wertrassigen, erbtüchtigen und gesunden Familien ist notwendig. Und eure Aufgabe ist es, dass ihr euch einordnet in den Gesundheitsdienst des deutschen Volkes. So werdet ihr gesund, kräftig und leistungsfähig für die deutsche Volksgemeinschaft. Das ist eure Verantwortung! Lasst uns jetzt gemeinsam singen. Singen stärkt unsere Volksseele, auch wenn ihr jetzt Angst bekommen habt: Singen hilft.

Wir tragen das Vaterland in unserem Herzen.
Denn wir sind das Reich und wir sind der Deich
Um Volk und Arbeit und Freiheit zugleich.
Wir tragen das Vaterland in unserem Herzen.

Wir tragen das Vaterland in unserem Herzen.
Denn wir sind der Staat, und wir sind die
Saat
Für Zukunft, Leben , Ehre und Tat.
Wir tragen das Vaterland in unserem Herzen.

Wir tragen das Vaterland in unserem Herzen.
Des Führers Gebot treu bis zum Tod
Stehn wir im Kampf für Arbeit und Brot.
Wir tragen das Vaterland in unserem Herzen.

So sangen sie noch das eine oder andere Lied. Und schließlich beendete Joseph wie immer den Heimnachmittag: „Wir grüßen den Führer Adolf Hitler. Sieg Heil! Sieg Heil! Sieg Heil!"

„Sieg Heil!", schallte es zurück.

Jetzt stand nur noch, wie meistens am Ende der Heimnachmittage, Sport auf dem Programm. Franz musste üben, er wollte ein guter Sportler, ja ein guter Handballer werden und seine Muskeln stärken.

Er trainierte also mit Matthias und Johannes. Doch schon bald, ja viel zu bald, wie die anderen meinten, war er erschöpft, und Johannes und Matthias machten sich über ihn lustig, indem sie sagten, dass er viel zu wenig Kraft für die Volksgemeinschaft aufbrachte.

Unterwegs

Johannes und Franz trafen sich zum Spazierengehen vor dem Elternhaus von Franz.

„Heil Hitler!", begrüßte sie der Postbote, der die Straße entlangging und die Hand zum Hitlergruß hob.

„Heil Hitler!", antworteten Johannes und Franz .

Auf der anderen Seite der Straße stand der Blockwart, der für ihren Wohnbereich zuständig war. Wenn Franz den Blockwart sah, dachte er immer, er würde genau beobachten, was in dem Block, in dem er lebte, geschah, und wenn hier zum Beispiel Zigeuner oder Juden oder irgendwelche Verrückte ihr Unwesen trieben, würde er es melden. Wieder hoben Franz und Johannes die Hand zum Hitlergruß: „Heil Hitler!"

„Heil Hitler!", schallte es ihnen entgegen.

Franz und Johannes gingen los.

„Das war ja wieder echt spannend, was Josef gestern Nachmittag erzählt hat", sagte Franz.

„Wir haben eine Rassenseele, hat er gesagt. Wir sind auserwählt. Stell dir das vor, wir sind die reine, auserwählte Rasse. Wir schaffen den neuen Menschen. Und weißt du, was Adolf Hitler über uns Pimpfe gesagt hat?", fragte Johannes.

„Nee!", antwortete Franz.

„Dass unsere Körper herrlich sind. Unsere Körper, die in der HJ geschult und gepflegt werden. Und wie gesund und frisch wir sind. Wir sind Teil des neuen Menschen, ja!"

Sie kamen an einer Plakatsäule vorbei, auf der *KAUFT BEI KEINEM JUDEN!* stand.

„Ja das war echt spannend, was Josef da erzählt hat", fuhr Franz mit dem Gespräch fort. „Wir Deutschen sind die Hauptvertreter der nordischen Rasse in Europa. Wir haben die Aufgabe, die Herrschaft der weißen Rasse auf dem ganzen Erdball zu erkämpfen. Stell dir das mal vor, das ist unsere

Aufgabe! Wir, wir als reinrassige deutsche Schüler dürfen stolz sein, denn das deutsche Volk ist die wichtigste der ganzen nordischen Rassen."

„Genau", antwortete Johannes. „Und da haben Juden und Zigeuner nichts zu suchen. Vor allem vor den Juden müssen wir uns echt in Acht nehmen. Denn die Juden sind unser Unglück. Kennst du den Artikel, der mal im *Stürmer* stand, Nr. 2, glaube ich? Josef hat ihn mir gestern gezeigt. Und da steht drin, und jetzt muss ich mal schaun, ob ich's noch zusammenkrieg: Ja, die Juden, die nehmen uns Geld und Gut weg und Aufstände haben sie angezettelt und zum Krieg gehetzt und in Deutschland ham sie der KPD-Geld gegeben und die Mörder bezahlt. Das heißt: Wir dürfen nichts bei einem Juden kaufen. Jeden Pfennig, den wir ihnen geben würden, tötet einen von uns. So hats die Erna im Schulaufsatz geschrieben und der kam im *Stürmer*. Boah, möchte auch mal, dass ein Aufsatz von mir im *Stürmer* kommt. Was meinst du, Franz?"

„Ja", sagte Franz. „Vor allem ..."

Plötzlich stockte er, denn vor ihm war der Spielplatz, auf dem er als kleiner Junge im Alter von vier, fünf Jahren so oft mit einem Mädchen gespielt hatte, das er seit einigen Jahren nun schon nicht mehr gesehen hatte. Er wusste gar nicht mehr, wie sie aussah. Doch auf dem Spielplatz war ein Schild, auf dem stand:

JUDEN SIND HIER UNERWÜNSCHT!

„Ja, vor allem vor den Juden müssen wir uns in Acht nehmen", führte Franz das Gespräch fort. „Die planen die Weltherrschaft. Da gibt's so ein Buch, da steht das ganz genau drin. *Die Weißen von Zion* heißt das, glaube ich. Da hat auch der Adolf Hitler in *Mein Kampf* dazu geschrieben, hat mir Josef erzählt. Wenn wir noch ein paar Straßen weitergehen, dann kommen wir zu dem jüdischen Buchladen, der da seit Kurzem ist."

„Da haste recht, schau ma mal, ob's da welche gibt, die da einkaufen. Dann könn mas gleich dem Blockwart melden!"

„Meinste?, fragte Franz.

„Aber ja, du hast ja gehört, wie wichtig das ist, nicht bei Juden zu kaufen!"

„Hast recht", antwortete Franz.

„Du, woll ma mal das Lied versuchen, das uns Josef beim letzten Heimnachmittag beigebracht hat?" fragte Johannes.

„Uns liegt vom Kampfe in Trümmern
Die ganze Welt zu Hauf.
Das soll uns den Teufel kümmern
Wir bauen sie wieder auf.
Wir werden weitermarschieren
Wenn alles in Scherben fällt.
Und heute hört uns Deutschland
Und morgen die ganze Welt."

„Gehört uns Deutschland" heißt es, ich hab den Text hier. Schau!", sagte Johannes.

„Okay", sagte Franz.

„Jetzt könn ma uns ja auf die Bank setzen."

Sie setzten sich auf die Bank in dem Park, der gleichzeitig Spielplatz war, und begannen zu singen. Da sahen sie den Blockwart Hans Müller, er war ihnen offensichtlich gefolgt. Neben ihm ging Josef. Sie setzten sich zu Johannes und Franz und sangen mit:

„Und heute gehört uns Deutschland

Und morgen die ganze Welt."

Arbeit im Nationalsozialismus

Franz war mit Johannes auf dem Weg zu seinem ersten Heimabend bei der Hitlerjugend. Das Thema war *Der wahre arische und deutsche Arbeitsbegriff und wie er sich von dem der Bolschewisten, Kommunisten, Marxisten oder Sozialdemokraten unterscheidet.*

Josef, den Franz bereits von den Heimnachmittagen bei den *Pimpfen* kannte, begann den Heimabend wie so oft mit einem Zitat aus der Schülerzeitschrift *Hilf mit!*: „Es ist des Menschen Bestimmung zu arbeiten. Es ist das Glück der hochrassigen und wertvollen Menschen, Arbeit leisten zu können, nur für die Minderwertigen und Minderrassigen ist es ein Fluch, dass sie im Schweiße ihres Angesichts ihr Brot essen sollen." – Wie könnt ihr euch verhalten, wie könnt ihr auftreten, dass ihr nicht verdächtigt werdet, minderwertig oder minderrassig zu sein?"

Kurt meldete sich – Franz kannte ihn, denn er ging in eine Parallelklasse –und sagte: „Wir arbeiten, ohne zu murren, wir

31

zeigen unsere Rassenseele. Wir sind hoch-
rassige, wertvolle Menschen und arbeiten
mit einem Lächeln, mit einem glücklichen
Lächeln im Gesicht. Denn Arbeit macht
frei."

„Genau", sagte Josef. „Die Welt ist ein
hohes Lied der Arbeit. Es geht nicht darum,
sich um Lohnfragen zu kümmern. Und den
Gewerkschaften, den Sozialisten, von den
Juden beherrscht, ging es nie um die soziale
Ehre des Arbeiters, sondern um einen stän-
digen Lohnkrieg. Es geht, das beschreibt die
Zeitschrift *Hilf mit* genau richtig, um die Arbeit für die Volksgemeinschaft. Und die Arbeiterbewegung, mit ihrer Vorstellung von
der Gleichheit aller Menschen, ist – und das
ist das Wesentliche – jüdisch durchsetzt. Sie
wird von fremdstämmigen, jüdischen Menschen geführt und manipuliert. Der marxis-
tische Standpunkt, Mensch ist gleich
Mensch, ist dafür verantwortlich, dass Ge-
schöpfe rassischer Degeneration übertrie-
bene Fürsorge erhalten haben, während der
erblich wertvolle Nachwuchs benachteiligt
wurde, weil der Marxismus und der

Sozialismus die Besinnung auf die Rasse ablehnen. Die marxistisch-sozialistischen Feinde betreiben eine Gleichmacherei, um die hochwertigen Massen zu stürzen und die Herrschaft des rassisch niederen Menschen, vor allem die Herrschaft der Juden zu errichten. Diese Herrschaft richtet sich gegen kapitalistische Angehörige der eigenen Volksgemeinschaft.

Wo immer ihr seid, was auch immer ihr im Namen, im Auftrag der nationalsozialistischen Volksgemeinschaft tut: Der Begriff Klasse zerstört und zersetzt die Grundlage des Deutschtums, die nordische Rasse, das deutsche Wesen, die deutsche Volksgemeinschaft. Was man zur Zeit der Weimarer Republik dem deutschen Arbeiter verschwiegen hat, ist der Wille, alle blutlichen und rassischen Elemente im Volk zu zerstören. Und deshalb dürfen sich Sozialismus, Marxismus und Bolschewismus – wie auch immer wir das jüdische Kind nennen wollen –nicht ausbreiten.

Also: Wir müssen diesen vom jüdischen Denken infiltrierten Menschen, wo auch immer wir ihnen begegnen, entschlossen entgegentreten. Und um es nochmal auf den Punkt zu bringen: Nicht um Klasse geht es, sondern um Rasse. Es geht nicht um eine Klassengesellschaft, sondern um eine Rassengesellschaft, in der sich die deutsche, also die arische Rassenseele der Volksgemeinschaft hingibt, damit diese ihre volle Kraft entfalten kann. Und ihr als Hitlerjungen seid fester Bestandteil der Volksgemeinschaft. Darin liegt eure Kraft, euer Wesen, eure Natur. Der Film *Hitlerjunge Quex*, den wir beim nächsten Heimabend sehen werden, wird verdeutlichen, wird klarmachen, was es heißt, ganz für die wahre Sache einzutreten, und auch, was für Opfer notwendig sind, bis zum eigenen Tod."

Josefs kleiner Vortrag war beendet, und alle Zuhörer saßen Zustimmung ausdrückend da. Sie fühlten sich einerseits gestärkt für ihre Arbeit ihre Verpflichtungen hier in der Hitlerjugend, gleichzeitig aber auch sehr gefordert. Franz war vor allem froh, nun zur Hitlerjugend zu gehören und Teil dieser Volksgemeinschaft zu sein. Johannes nickte ihm zu und gemeinsam sangen sie:

„Unsre Fahne flattert uns voran.

In die Zukunft ziehn wir Mann für Mann.

Wir marschieren für Hitler durch Nacht und durch Not,

Mit der Fahne der Jugend für Freiheit und Brot.

Unsre Fahne flattert uns voran.

Unsre Fahne ist die neue Zeit.

Und die Fahne führt uns in die Ewigkeit.

Ja, die Fahne ist mehr als der Tod."

Hitlerjunge Quex

Franz und Johannes machten mal wieder einen Spaziergang. Gestern hatten sie *Hitlerjunge Quex* gesehen. Es tat ihnen gut, bei den Spaziergängen miteinander zu sprechen. Denn nach dem Film hatte tiefes Schweigen geherrscht. Alle waren betroffen gewesen, ja regelrecht mitgenommen, aber irgendwie auch motiviert.

Franz erinnerte sich an Josefs Worte : „Ihr habt erlebt, der Bann-Führer der Hitlerjugend und der kommunistische Vater ringen um den Sohn, um die Seele des Jungen. Sie ringen um die Zukunft Deutschlands, und ihr wisst, wer diesen Kampf gewonnen hat. Das Traurige an diesem Film ist gleichzeitig auch das, was wegweisend ist für Deutschland: alles zu geben für Adolf Hitler, alles, auch das eigene Leben. – Ich bin noch ganz weg von dem Film, der hat mich richtig mitgenommen. Ja, damals lag Deutschland noch in Sklavenketten, wie es Josef so treffend ausgedrückt hat. Am Anfang wird Heini ja noch zurückgewiesen von der HJ, weil sie denken, er gehört zu den Kommunisten und sei ein Verräter. Aber dann wird er zum Helden, weil er sie warnt vor einem geplanten Attentat. Weißt du, das finde ich so faszinierend: Heini, also der spätere Hitlerjunge, ist zu Beginn noch wie ein kleines Kind, mit dem man alles machen kann. Ein Kind, das noch ganz offen ist für alles. Und der Film zeigt so toll, wie er lernt, den richtigen, den einzig wahren Weg zu gehen. Und er geht ihn so vorbildhaft, so konsequent. Er wird zwar getötet, und das ist das furchtbar Traurige, dass er am Ende des Films von den Kommunisten getötet wird, aber irgendwie ist es, als ob er am Leben bleibt als der aufrechte Hitlerjunge, der zur Wahrheit gefunden hat, zu der er einhundertprozentig steht. Und seine letzten Worte, bevor er in den Armen eines anderen Hitlerjungen stirbt, sind: *Unsre Fahne flattert uns voran …* Komm, lass es uns wieder singen!

Unsre Fahne flattert uns voran.
In die Zukunft ziehn wir Mann für Mann.

Wir marschieren für Hitler durch Nacht und durch Not,

Mit der Fahne der Jugend für Freiheit und Brot.

Unsre Fahne flattert uns voran.

Unsre Fahne ist die neue Zeit.

Und die Fahne führt uns in die Ewigkeit.

Ja, die Fahne ist mehr als der Tod."

„Ich hab so weinen müssen bei dem Film", setzte Johannes das Gespräch fort. „Als sie das Lied sangen in dem Film, nachdem Heini gestorben, nein umgebracht worden war. Aber ich hab auch einen Stolz gespürt auf ihn, auf sein Heldentum."

„Ich finde, was in dem Film auch deutlich wird," führte Franz das Gespräch fort, „ist: Menschen, die so halb von den Juden zum Sozialismus verführt sind, sind noch nicht verloren. Wir können, ja wir müssen sie wiedergewinnen für die deutsche Volksgemeinschaft. Eben wie es Josef an einem Heimabend so treffend ausgedrückt hat: Nicht um Klasse geht es, sondern um Rasse."

„Ja, du hast recht" antwortete Johannes. „Es geht hier um das große Ganze, um die deutsche Volksgemeinschaft und darum, dass wir alles, wirklich alles geben. Das ist unser Ziel, das Ziel unseres Lebens: alles, also unser ganzes Leben für die deutsche Volksgemeinschaft für Adolf Hitler zu geben. Ha, das reimt sich ja!

Alles, unser ganzes Leben

Für Deutschland, für Adolf Hitler zu geben

Das ist das Ziel von unserem Leben!

Toll, oder? Jetzt brauchen wir nur noch so eine schöne Melodie. Ja, so entsteht *Kraft durch Freude*. Oh schau, da ist Josef mit dem Blockwart, die zwei haben wir doch schon mal hier getroffen, oder? Vielleicht singen sie ja mit. Kommt, lasst uns nochmal Jetzt mal alle Strophen!"

Und Johannes und Franz sangen mit Leidenschaft und Begeisterung – und ja, der Blockwart und Josef stimmten mit ein. Und es hallte über den Graf-Spee-Platz, als sie zu viert unter der Adolf-Hitler-Eiche standen und sangen:

„Vorwärts! Vorwärts! Schmettern die hellen Fanfaren.

Vorwärts! Vorwärts! Jugend kennt keine Gefahren.

Deutschland, du wirst leuchtend stehn,

Mögen wir auch untergehn.

Vorwärts! Vorwärts! Schmettern die hellen Fanfaren.

Vorwärts! Vorwärts! Jugend kennt keine Gefahren.

Ist das Ziel auch noch so hoch,

Jugend zwingt es doch!

Unsre Fahne flattert uns voran.

In die Zukunft ziehn wir Mann für Mann.

Wir marschieren für Hitler durch Nacht und durch Not,

Mit der Fahne der Jugend für Freiheit und Brot.

Unsre Fahne flattert uns voran.

Unsre Fahne ist die neue Zeit.

Und die Fahne führt uns in die Ewigkeit.

Ja, die Fahne ist mehr als der Tod."

Jugend! Jugend! Wir sind der Zukunft

Soldaten.

Jugend! Jugend! Träger der kommenden
Taten.

Ja, durch unsre Fäuste fällt,

Wer sich uns entgegenstellt.

Jugend! Jugend! Wir sind der Zukunft
Soldaten.

Jugend! Jugend! Träger der kommenden
Taten.

Führer, wir gehören dir,

Wir, Kameraden, dir!"

Alltag, Sport und Ertüchtigung

Heute ging es um sportliche Leistung, Dreitausend-Meter-Lauf stand auf dem Programm. Franz hasste Laufen, aber er wollte besser und schneller werden. Und er wollte, ja er musste für das HJ-Leistungsabzeichen trainieren. Danach stand Boxen auf dem Programm.

Als guter Deutscher war er zu hoher körperlicher Leistung fähig und bereit, erzählte man ihnen immer wieder und er wollte dazugehören. Er wollte, wie es beim letzten Heimabend geheißen hatte, in der Lage sein, sich zu wehren und sich jederzeit gegen minderwertigen Rassen durchzusetzen, um die Volksgemeinschaft zu stärken und ein starker Deutscher zu werden. Ja, das wollte Franz, das stand für ihn außer Frage, auch wenn er Sport eigentlich nicht wirklich mochte und ihn vor allem das Dreitausend-Meter-Lauf-Training furchtbar anstrengte. Ihm war ganz klar, man hatte es ihnen ja oft genug eingeredet, sie mussten trainieren, um starke widerstands–

fähige, kräftige deutsche Männer zu werden. Sie mussten, ja sie wollten das erfüllen, was der deutschen Volksseele entsprach. Also machte er sich auf den Weg zum Sportplatz.

Franz war erschöpft vom Dreitausend-Meter-Lauf und von den ersten Erfahrungen im Boxen, aber irgendwie hatte er noch Lust auf einen kleinen Spaziergang mit Johannes, mit dem er gerade zusammen geboxt hatte.

Also fragte Franz seinen Freund: „Johannes, hast du Lust, wollen wir noch einen kleinen Spaziergang machen?"

„Okay", sagte Johannes.

„Woll ma mal wieder Richtung Spielplatz?", fragte Franz weiter.

„Mach ma", entgegnete Johannes.

Und so gingen sie los, vorbei wie immer am Blockwart, der gerade im heftigen Disput mit jemandem stand. Franz konnte nicht ganz verstehen, worum es ging, aber der Blockwart sagte, er hätte den anderen mit einer Jüdin Hand in Hand gehen sehen und dass das auf keinen Fall ginge und dass er das werde melden müssen, seinen Namen und seine Adresse hätte er.

„Heil Hitler!", begrüßten Franz und Johannes den Blockwart.

„Heil Hitler!", hallte es zurück.

Sie gingen die eine lange Straße entlang, die Franz so liebte.

„Erinnerst du dich noch, was Josef gestern beim Heimabend zum Thema Sport gesagt hat?", fragte Franz.

„Ja, es ging um die Bedeutung der körperlichen Ertüchtigung. Wir sind die Kämpfer, die Soldaten von morgen, und dafür müssen wir heute unsere Körperkraft, also unsere Wehrkraft stärken. Wir haben die Pflicht, gesund zu sein, es hängt von unserem Willen ab, ob wir gesund bleiben oder krank werden! Wenn wir stark sind, keine Schwäche zeigen, regelmäßig Sport treiben, wenn wir tun, was man uns aufträgt, dann dienen wir der Volksgesundheit und werden wehrtüchtige Mitglieder. So hats Josef gestern gesagt!"

„Ja", ergänzte Franz, „und wir sollen einerseits gute Sportler sein und gleichzeitig uns wehren können, wenn wir angegriffen werden zum Beispiel von Bettlern, Zigeunern oder aggressiven Juden. Da passt das Lied aus dem Liederbuch ganz gut, das uns Josef gestern gezeigt hat und das wir dann am Schluss gesungen haben. Und er hat ja dann auch noch gesagt, dass wir für unser Volk zum Kampf bereit sein müssen – bis zum Einsatz unseres Lebens, wie es uns ja der Hitlerjunge Quex in dem Film vorgelebt hat.

Darum geht es, dass wir uns, unseren Körper jetzt schon auf diesen Moment vorbereiten, wenn wir uns gegen die Juden und die Bolschewiki wehren müssen. Ja, alles, was wir da tun, tun wir für unser Volk, für unsere Volksgemeinschaft. Bald beginnen ja die Schießübungen, hat Josef angekündigt. Wir sollen dann auf alle möglichen selbstgebauten Ziele, stehende oder bewegliche Pappfiguren schießen. Das ist, hat

Josef gesagt, sowohl als Schießübung als auch als erste Wehrübung für später gedacht."

„Ja", sagte Johannes, „da kommt viel auf uns zu. Wir haben so viele Feinde, so viele, die nicht zu unserer Volksgemeinschaft gehören. Das sind schwere Zeiten, aber der Sport wird uns kräftig machen, und wir sind jung und stark."

Sie kamen vorbei an einer Tafel, auf der in großen Buchstaben geschrieben stand:

KAUFT BEI KEINEM JUDEN!

Sie setzten sich auf ihre Lieblingsbank, auf der stand: NUR FÜR ARIER!

Da hörten sie Stimmen am Ende der Straße: „Der wollte doch tatsächlich in dem jüdischen Laden einkaufen!! Juda, verrecke! Jagt ihn davon!"

Franz und Johannes sahen, wie jemand an ihnen schweratmend vorbeilief, verfolgt von drei Jungen.

Reichspogromnacht

Josef informierte über den Mordanschlag in Polen an dem deutschen Legationssekretär Ernst vom Rath.

„Jetzt ist es wichtig", sprach er mit lauter, erregter Stimme, „gegen diesen Meuchelmord des Juden Herschel Grynszpann vorzugehen und ein deutliches Zeichen gegen die jüdischen Untermenschen zu setzen, gegen das internationale jüdische Verbrechergesindel!"

Die Hitlerjungen machten sich auf Josefs Befehl hin auf den Weg zum jüdischen Buchladen. Franz ging mit Johannes die Straße hinunter, sie gingen durch den Park, an dem Spielplatz vorbei, vorbei an der Bank, auf der sie so oft saßen, und am Ende des Parks vorbei an dem Schild: *KAUFT BEI KEINEM JUDEN!*

Am Ende der Straße bildete sich eine immer größer werdende Menschenmenge. Viele Hitlerjungen waren dabei, einige kannte Franz von den Heimabenden. Sie standen vor dem jüdischen Buchladen, zwei SA-Männer gaben das Kommando: „So, Kameraden, jetzt mal ran!"

Und so warfen die Kameraden mit schweren Steinen gegen den Buchladen, schlugen die Fensterscheiben ein und schrien allesamt: „Wer hat Ernst vom Rath getötet? Wer hat unsere Frauen und Kinder geschändet? Wer ist schuld an unserem Unglück?"

Und der Chor antwortete: „Die Juden! Juda verrecke! Den Juden wird das freche Maul gestopft!"

Dann stürmten sie in den Laden, warfen Tische um, schlugen mit aller Kraft auf alles ein, zerschlugen Tischplatten, zerstörten Bücherregale, zertrümmerten Stühle, trampelten mit ihren Füßen auf den Büchern herum und demolierten alles, was ihnen in die Hände fiel. Der Besitzer, der sich in die hinterste Ecke seines Buchladens zurückgezogen hatte, wurde mit seinen Büchern beworfen.

„Da hast du deinen Dreck", schrie Franz und warf das Buch *Gegen die Phrase vom jüdischen Schädling* auf ihn. Dann trieben sie den Buchhändler aus seinem Laden, jagten ihn die Straße runter, liefen hinter ihm her, schlugen auf ihn ein und schrien: „Juden raus, Juden raus!"

Und Franz schrie mit.

„Jetzt bekommen sie endlich, was ihnen zusteht!", schrie Johannes, der neben ihm stand. „Jetzt geht der Jude endlich kaputt, jagt ihn davon!"

In der hintersten Ecke des Buchladens saß zusammengekauert ein Mädchen, ungefähr so alt wie Franz. Eine Menge zerstörter Bücher lagen um sie herum. Das Mädchen weinte und schrie: „Hilfe, Hilfe, warum hilft uns denn keiner?"

Johannes war völlig außer sich. Er schlug auf das junge Mädchen ein und schrie: „Halts Maul, du Sara, du!"

In der Bahn

Franz stieg mit Johannes in die Bahn, sie waren auf dem Weg in die Stadt.

Die Bahn war voller Menschen, vor ihnen auf der rechten Seite saß ein junger Mann mit Judenstern, ein Jude.

Ein etwas älterer Herr schrie: „Da schau her, schau den Dreckjuden an, der wo den Krieg macht. Was fällt dem ein, einfach einem Arier einen Platz wegzunehmen? Steh auf, du Dreckjud!"

„Nee, will ich nicht. Ich muss mich ausruhen, ich komm von der Arbeit, da musste ich heut schon ganz früh anfangen."

„Du stehst auf, aber sofort!"

Am Anfang des Wagens stand ein Gestapobeamter.

„Hey, kommen Sie! Der ist Jud, der hat kein Recht zu sitzen und will nicht aufstehen!"

Der Gestapobeamte ging auf den Jungen zu und schrie ihn an: „Steh auf, du hast hier nichts zu suchen!" Er packte ihn, riss ihm vom Sitz und schleppte ihn zur Eingangstür.

Johannes und Franz sahen zu.

„Anhalten!", schrie der Gestapobeamte dem Fahrer zu. Der hielt den Zug an und öffnete die Tür.

„Hilfe!", schrie der Junge. „Warum hilft mir denn niemand?"

Der Gestapobeamte schlug auf ihn ein.

„Du lässt dich in der Bahn nicht mehr blicken, wir wollen dich hier nicht mehr sehen! Und wenn wir dich hier noch mal erwischen, dann fliegst du raus, aber ganz! Kannst dir vorstellen, wo's dann hingeht!"

„Genau!", schrie Johannes und die anderen im Zug nickten zustimmend.

„Hilfe!", schrie der Junge, als der Gestapobeamte ihn aus dem Zug warf. „Warum hilft mir denn niemand?"

Franz kam es so vor, als hätte er das schon mal gehört gehabt.

Doch nur ganz kurz war dieses Gefühl da, dann schrie er mit Johannes gemeinsam: „Juden raus, Juden raus!"

„Dem ham mas gezeigt!", sagte Johannes, als er den Jungen draußen auf dem Boden liegen sah.

Dann fuhr der Zug weiter.

Blick über die Mauer

Immer wieder erinnerte sich Franz an den einen Heimnachmittag, als es um Erbkranke ging. Es beschäftigte ihn schon lange, wie Erbkranke wohl aussahen und woran man sie erkennen konnte. Oft träumte er davon.

Einen Juden, dachte er, *kann ich gleich erkennen, die müssen jetzt alle einen Judenstern tragen. Das ist auch gut so. Aber die Erbkranken?*

Ich muss mal zur Heil- und Pflegeanstalt gehen, sagte er sich, *vielleicht sehe ich dort welche.*

Also machte sich Franz alleine auf den Weg, zum ersten Mal ohne seinen Freund Johannes. Er war mit seinen Eltern umgezogen, aber wohin, das wusste Franz leider nicht. Er lief an den Feldern vorbei, auf denen sehr erschöpft aussehende Menschen in Sträflingskleidung arbeiten mussten – bewacht von Uniformierten der SS, die darauf achteten, dass sie ja keine Pause machten und dafür sorgten, dass niemand mit den Häftlingen sprach.

„Weitergehen, weitergehen!", wurde Franz von den Aufsehern angeschrien.

Schließlich stand er vor der Heil- und Pflegeanstalt.

Oh, das ist ja ne hohe Mauer, dachte er, *da komm ich gar nicht drüber. Aber auf den Baum da drüben könnte ich steigen, dann kann ich in den Garten schauen, so wie's damals Matthias gemacht hat.*

Und so kletterte er auf die Eiche, die auf der anderen Straßenseite stand, höher und höher, bis er in den Garten hinabschauen konnte. Und da sah er dreißig, vierzig Menschen, alle in ganz einfacher Kleidung. Manche saßen am Boden, manche bewegten sich mühsam fort, manche lagen wie leblos auf dem Boden und alle waren ganz mager, ausgemergelt, sahen aus wie reine Knochengerüste, hatten kaum mehr Leben in sich.

Franz erschrak, als er das sah, kletterte so schnell wie möglich den Baum hinab und lief nach Hause – vorbei am Blockwart, dessen Anwesenheit ihn zum Gruß aufforderte.

Er hob den Arm und rief: „Heil Hitler!"

„Heil Hitler!", schallte es zurück.

Vormilitärische Erziehung

„Der Dienst mit der Waffe", eröffnete Josef den Heimabend, „ist ein wichtiger Teil eures kämpferischen Lebens als Hitlerjunge. Ein Gedicht zu Beginn soll das veranschaulichen:

Was auch immer werde,

Steh zur Heimaterde.

Bleibe wurzelstark,

Kämpfe, blute, werbe

Für dein höchstes Erbe.

Siege oder sterbe:

deutsch sei bis ins Mark.

Bevor heute die Schießausbildung mit der Kleinkaliber-Büchse beginnt, wird Konrad Paul, ein Frontsoldat, ganz konkret aus eigener Erfahrung erläutern, was es für das deutsche Vaterland heißt, diesen Krieg zu führen und welche Bedeutung ein guter, ein professioneller Umgang mit dem Gewehr dabei hat. Was für Ziele sind für uns, für euch, für die deutsche Volksgemeinschaft damit verbunden? Bitte, Konrad!"

„Hallo Hitlerjungen! Ich möchte meinen kleinen Vortrag mit einem Zitat beginnen: Unsere stärkste Waffe, die stärkste Waffe aller Deutschen ist die Liebe zu Adolf Hitler, und es geht darum, diese Waffe dauerhaft zu erhalten. – Der Soldat von heute muss ein neuer Typ sein, bei dem der Dienst mit der Waffe zu einem wichtigen Teil seines ganzen kämpferischen Lebens werde. In diesem, unserem kämpferischen Leben geht es um unsere arische Volksgemeinschaft, um die Rassenseele, die ihren Lebensraum braucht, um sich verwirklichen zu können.

Den Kampf führen wir als deutsche Soldaten, weil unsere Feinde alles tun, um das deutsche Volk zu unterdrücken, es kleinzuhalten und den minderwertigen Rassen den Lebensraum zu überlassen, der uns zusteht. Darum kämpfe ich, darum kämpfen wir. Wieder, so wie damals 1914. Und was ihr hier bei der HJ lernen werdet, lernen müsst, ist, ein guter Soldat zu werden und zu sein. Deshalb sind neben der sportlichen Betätigung wie Laufen, Springen, Werfen,

Schwimmen die Schießübungen von enormer Wichtigkeit. Das Ziel der Schießausbildung ist die Erreichung der größtmöglichen Fertigkeit in der Handhabung – dem Gebrauch und der Pflege – des Gewehres und die Verbesserung der Schießleistung des Einzelnen. Was ich als Soldat, als Frontsoldat immer wieder erfahren habe, ist, wie wichtig es ist, gut am Gewehr zu sein. Es geht um die Überlegenheit des deutschen Soldaten im Schießen gegenüber jedem Gegner in Polen, in Dänemark, in den Niederlanden, in Frankreich und in der Sowjetunion. Wenn ihr zu guten Schützen werdet, als junge Menschen, als Hitlerjungen, dann werdet ihr wunderbare Soldaten.

Das deutsche Volk braucht euch! Eure Vorbereitung als Hitlerjungen zum Waffen- und Ehrendienst für Volk und Reich ist männlichste und höchste Pflichterfüllung! Es geht um eure Verantwortung als junge, kräftige Hitlerjungen! Wir haben Polen, Dänemark, Norwegen, Belgien, die Niederlande und Frankreich besetzt und jetzt die Sowjetunion.

Das bedeutet: Deutsche Soldaten schaffen neuen Lebensraum, das große Ziel einer arischen Volksgemeinschaft ohne minderwertigen, diesem Ziel entgegenstehenden Rassen, kommt immer näher. Und wir werden das jüdisch-bolschewistische System überwinden! Denn so hat es Goebbels bereits 1936 geschrieben: Der Bolschewismus ist eine infernalische Weltpest, die ausgerottet werden muss, und an deren Beseitigung mitzuhelfen, ist Pflicht eines jeden verantwortungs-bewussten Menschen. – Das deutsche Volk kämpft gegen die finsteren Mächte der Zerstörung und Zersetzung, kämpft gegen das internationale Judentum. Und es geht darum, ganz in der arischen Rasse aufzugehen und dies gemeinsam mit der Hitlerjugend im Einsatz zu erleben. Das ist euer Auftrag, das ist es, was euer Leben ausmacht, eurem Leben Sinn gibt. Heute gehört uns Deutschland und morgen die ganze Welt! Hitler wird dafür sorgen, dass der Raum der arischen Rasse zur Verfügung gestellt wird, so dass gute Deutsche aus aller Welt umgesiedelt werden können. Darum geht es, und an dieser großen

Aufgabe sollt ihr, müsst ihr Anteil haben. Ich beende meinen kleinen Vortrag, wie ich ihn begonnen habe: Unsere stärkste Waffe, die stärkste Waffe aller Deutschen ist die Liebe zu Adolf Hitler, und es geht darum, diese Waffe dauerhaft zu erhalten."

„Danke, Konrad, für deinen sehr ansprechenden, beeindruckenden Vortrag. Und jetzt gibt es gleich erste Anweisungen von Konrad, wie ihr mit der Kleinkaliberbüchse umgehen sollt!"

Durch die Reihen der Hitlerjungen ging ein Flüstern, ein Raunen. Die Botschaften, warum und zu welchem Zweck sie vor allem in der Hitlerjugend seien, waren bei ihnen angekommen, hatten sie erreicht. Die Indoktrination war ihre Wirklichkeit. Auch Franz war fasziniert vom Vortrag. Nun war er bereit für die Schießübungen.

Doch da war auch noch eine andere Stimme in ihm, die sagte: *Bitte kein 1918, das war schlimm genug. Natürlich ist es richtig, die Juden aus der Volksgemeinschaft auszugrenzen, aber deshalb diesen Krieg führen?*

Es war die Stimme seines Vaters.

Aber wie hatte es Konrad ausgedrückt? Der Bolschewismus ist eine infernalische Weltpest, die ausgerottet werden muss, und an deren Beseitigung mitzuhelfen, ist Pflicht eines jeden verantwortungsbewussten Menschen.

Es geht darum, sagte sich Franz immer wieder, *ganz in der arischen Rasse aufzugehen und dies gemeinsam mit der Hitlerjugend im Einsatz zu erleben! Heute gehört uns Deutschland und morgen die ganze Welt!*

Das musste er glauben, das wollte er glauben. Franz war also bereit zur Schießausbildung.

Aufmerksam hörte er Konrads Anweisungen zu: „Ihr baut euch jetzt erstmal selber ein Ziel, eine bewegliche oder stehende Pappfigur, dann bekommt ihr ein Kleinkaliber-Gewehr von mir und schießt. Ihr sollt dabei eure Büchse mit einem Gefühl des Stolzes tragen! Euer Gewehr, eure Büchse muss euch so selbstverständlich in der Hand liegen wie ein Federhalter. Dann schießt ihr auf alle möglichen selbstgebauten Ziele. Über Kimme und Korn werdet ihr der deutschen Zukunft den Weg weisen. Jetzt baut ihr euch aus dem Material, das ich euch zur Verfügung stelle, eure Pappfiguren."

Franz hatte eine Pappfigur mit einem Körper und einem runden Gesicht zusammengebaut. Diese Pappfigur stellte er nun, Konrads Anordnung folgend, in acht Metern Entfernung auf.

„Und jetzt", wies Konrad die Jungen an, „Kimme und Korn! Stellt euch vor, ihr trefft die Pappfigur genau in die Mitte! Legt das Gewehr an und schießt! So werden wir den Feind, wer auch immer es ist, bekämpfen!", sagte Konrad.

Franz zielte und schoss. Er hatte die Pappfigur genau getroffen, denn sie fiel zu Boden.

Ja, ich kann es, ich hab es hingekriegt, dachte er voller Stolz. *Aber wenn die Pappfigur ein echter Mensch wäre, wär er jetzt tot. Aber wir müssen ja kämpfen, das ist nötig, wir sind so bedroht von den Juden, den Bolschewisten, den nichtarischen Völkern, die sich ausbreiten, alles in Besitz nehmen. Wir müssen, ja, wir müssen das verhindern, darum müssen wir das tun.*

„Gut so!", sagte Konrad. „Nächster Versuch!"

Wieder schoss Franz und wieder und wieder und wieder. Und das Schießen wurde schon bald, wie ganz selbstverständlich, zu einer Gewohnheit.

Ja, er war bereit.

Der Zug

Franz machte allein einen Spaziergang. Er wollte dorthin, wo ihm schon öfter vorbeifahrende Züge, die hier immer ihr Tempo verlangsamten, begegnet waren. Er liebte es, die ankommenden und wegfahrenden Züge zu beobachten.

Immer wieder stellte er sich vor, dass er in einem der Züge sitzt und weit wegfahren kann, zum Beispiel ans Meer. Er dachte an die vielen Bilder, die er vom Meer gesehen hatte, und eine Sehnsucht stieg in ihm auf. Er stellte sich vor, welchen Raum die Deutschen dann haben würden und wo sie überall sein könnten, wenn Deutschland, wenn Hitler erst mal den Krieg gegen England und gegen die Sowjetunion gewonnen hatte. Er stellte sich riesige Wälder, Gebirgslandschaften, unendliche Felder und blühende Landschaften vor – und ein Deutschland des Wohlstandes.

Nach dem Krieg, so hatte es Hitler versprochen, wenn sich die deutsche Rasse durchgesetzt und sich Boden geschaffen hätte und die Juden und Bolschewisten besiegt seien, dann würde es ein Deutschland des wirtschaftlichen Aufschwunges geben.

Doch während er so dachte, kam eine Bahn auf ihn zu. Sie fuhr ganz langsam und war total überfüllt. Alle Menschen, die Franz durch die Glasscheiben sehen konnte, trugen einen Judenstern. Es waren viele Kinder und alte Menschen dabei. Sie sahen ganz dünn aus, als hätten sie schon lange, ganz lange hungern müssen. Sie hatten gar nicht alle Platz, sich zu setzen, viele mussten dicht beieinanderstehen. Er sah ein Mädchen, das traurig aus dem Fenster schaute, furchtbar traurig, und ihm zuwinkte. Neben ihr stand einer von der Gestapo.

Vorbei an ihm fuhr der Zug raus aus der Stadt.

Traum

Als Franz zu Hause war, ging er zunächst ins Wohnzimmer, grüßte hier Vater und Mutter, die gerade im Radio die neusten Berichte von der Front hörten, und dann auf sein Zimmer. Er war müde und legte sich schlafen.

Doch sein Schlaf wurde unterbrochen, denn er hörte einen Schrei. Sofort öffnete er die Augen und sah in die Tiefe. Er sah nach unten in einen Garten, der von einer hohen Mauer umgeben war. Und Menschen, alle in ganz einfacher Kleidung, manche saßen, manche bewegten sich mühsam fort, manche lagen leblos auf dem Boden. Es waren Frauen, Männer, auch Kinder. Und sie waren mager wie Knochengerüste, hatten fast tote, ausgemergelte, ausgehungerte Körper, in denen es kaum noch Leben gab.

Einer der Menschen schrie: „Ich bin das dürre Gespenst, ich bin ein Tier, ich bin ein Mensch, doch ich gehöre nicht dazu!"

Und dann sah Franz ein Mädchen – Oder war es ein Junge? –, das ganz zusammengekauert in der Ecke saß. Und da stand einer von der Gestapo und schrie: „Wir grüßen den Führer Adolf Hitler! Sieg Heil! Sieg Heil! Sieg Heil!

Und Franz hob die Hand zum Hitlergruß, nahm sein Gewehr, legte an und schoss auf die Menschen. Und schoss wieder und wieder und wieder.

Doch dann wachte er auf.

Abschied

Franz musste sich auf den Weg ins Wehrertüchtigungslager machen, und es war Zeit, dass er sich von seinen Eltern verabschiedete. Das fiel Franz nicht ganz leicht, aber er wollte, ja er musste – wie man ihm eingetrichtert hatte – im Auftrag Adolf Hitlers im Volkssturm dazu beitragen, dem Krieg noch die entscheidende Wende zu geben.

Dabei gingen ihm die Bilder des Films *Hitlerjunge Quex*, den er damals mit Johannes und den anderen vom Jungvolk gesehen hatte, nicht aus dem Kopf: Der Hitlerjunge, der bereit war, für die großen Ziele des deutschen Volkes alles, ja wirklich alles zu geben, sogar sein Leben. Als er ins Wohnzimmer ging, saß da sein Vater. Er hatte wie immer das rechte Bein hochgelagert, eine Kriegsverletzung aus dem Ersten Weltkrieg, und erwartete ihn bereits.

„Du geht's also", sagte der Vater.

„Ja klar, ich bin bereit, und ich muss", sagte Franz.

„Das wird schwer", erwiderte sein Vater und hob sein verletztes Bein an. „Du siehst doch, was geschehen kann! Du weißt, ich habe damals für den Kaiser gekämpft, und ich war immer gegen den Versailler Vertrag, aber der Krieg jetzt ist sinnlos, ist nicht mehr zu gewinnen! Wir werden als Verlierer von der Weltbühne verschwinden! Und ich hab Angst um dich ..."

„Ja, ich weiß, aber ich muss! Ich habe meine Pflicht als Hitlerjunge in dieser Phase des Krieges. Das Wehrertüchtigungslager wird uns stark machen für den Endkampf beim Volkssturm. Weißt du, wir kämpfen für die edle deutsche Rasse, dafür setzen wir alles ein, unsere ganz Kraft, so dass wir siegen werden gegen alle, gegen alles Fremdvölkische, gegen die jüdisch-bolsche-wistischen Untermenschen, die die ganze Welt dominieren wollen! Und wir, Papa, wenn es nicht anders geht, müssen unser Leben dafür opfern, dass sich das wahre Menschentum entwickeln kann. Wir dürfen nicht aufgeben. Und ich, also wir Jungen werden dabei sein. Wir werden stark sein und wir werden, wir müssen gewinnen!"

„Ja, ja ich weiß, das hast du bei der Hitlerjugend gelernt! Ich hoff nur, dass wir uns wiedersehen!", antwortete sein Vater.

„Tschüss, Mutti!", sagte Franz zu seiner Mutter, die ins Wohnzimmer gekommen war.

„Musst du wirklich dahin?", fragte sie.

„Ja, und ich will auch. Lass mich einfach gehen, Mutti!", antwortete Franz.

Die Mutter umarmte und küsste ihn.

„Tschüss, mein Junge!", sagte sie.

Franz packte seinen Koffer und verließ das Haus. Er nahm Abschied vom Garten und seinem geliebten Pflaumenbaum, unter dem er so oft gesessen hatte, und machte sich auf den Weg ins Wehrertüchtigungslager.

Todesmärsche

Franz verließ die Bahn. Es war noch circa ein Kilometer bis zum Wehrertüchtigungslager. Hinweisschilder zeigten den Weg zum Lager, immer ging es am Waldesrand entlang. Er hatte Angst vor dem, was ihn erwartete, auch wenn er seinen Eltern gegenüber so selbstsicher aufgetreten war. Aber es blieb ihm keine andere Wahl, und er wollte ja auch nicht aufgeben. Er wollte den deutschen Auftrag erfüllen und den jüdischen Bolschewismus bekämpfen, wie man es ihm, wie man es der Hitlerjugend eingeredet hatte. Er wollte weiter an den Sieg glauben. Mit der *Wunderwaffe* wird es gelingen, das hatte er wieder und wieder gehört. Während der Fahrt hatte er den Luftkrieg hautnah erlebt. Immer wieder hatte es Bombenalarm gegeben, immer wieder waren sie an zerstörten Häusern vorbeigefahren. Mehrmals hatten sie die Fahrt unterbrechen müssen und hatten unter großer Not Schutz gesucht, und waren gleichzeitig den Tieffliegern ausgesetzt gewesen. Er war froh, als er die Bahn verlassen hatte, wissend, dass er nun gleich am Eingang zum Wehrertüchtigungslager war.

Doch da kam plötzlich ein riesenlanger, nicht enden wollender Menschenzug auf Franz zu. Es waren unendlich viele Menschen, die sich kaum mehr auf den Beinen halten konnten. Sie kamen immer näher. Es waren Frauen, Männer, Junge, Alte, ja auch Kinder. Sie hatten dürre, eingefallenen Gesichter, waren abgemagert und glichen Knochengerüsten. Sie alle wurden von einem Aufseher in SS-Uniform durch die Straße gejagt. Franz sah, wie einer, der nicht mehr konnte und zusammenbrach, von einem SS-Aufseher erschossen wurde. Er sah, wie zwei Häftlinge versuchten zu fliehen, auch sie wurden erschossen. Dann sah er ein Mädchen, ungefähr in seinem Alter, das sich weinend und verzweifelt schluchzend an zwei Erwachsenen, die sich kaum noch auf den Beinen halten konnten, festklammerte. Sie sah ihn an, taumelte auf ihn zu und flehte ihn um ein Glas Wasser an: „Bitte, bitte, ich verdurste! Bitte, hilf mir!"

Doch der Wachposten der SS griff sie am Arm und zog sie weg. Dann schrie er sie an und schlug ihr mit aller Kraft ins Gesicht.

Im Wehrertüchtigungslager

Franz schlief in einer Baracke mit vielen fast gleichaltrigen Jungen auf ziemlich engem Raum. Sie übten den ganzen Tag, und immer wieder geriet er an die Grenzen seiner Kraft. Jeden Tag gab es einen Morgen- und einen Abendappell. Zu den Appellen gehörten Lieder und Sprüche, die ihre Kampfbereitschaft stärken sollte. Gemeinsam sangen sie also gleich am ersten Tag nach dem Frühstück:

Vor uns marschieren mit sturmzerfetzten Fahnen
Die toten Helden der jungen Nation
Und über uns die Heldenahnen. Deutschland, Vaterland, wir kommen schon!

Und jeden Tag am Morgen und Abend gab es einen Spruch, der sie stärken sollte, weiter für den Nationalsozialismus zu kämpfen und für den Sieg alles einzusetzen.

Ihr seid das kommende Deutschland!

Ihr müsst lernen, was wir von ihm einst erhofften!

Ihr müsst in eure jungen Herzen nicht Eigendünkel,

Überheblichkeit, Klassenauffassungen, Unterschied von Arm und Reich hineinlassen!

Ihr müsst treu sein, ihr müsst mutig sein, ihr müsst tapfer sein.

Und ihr müsst untereinander eine einzige große, herrliche Kameradschaft bilden!

Der Tagesablauf war von früh bis spät durchstrukturiert: Es gab Schießübungen mit Luftgewehren auf Zielscheiben und mit Infanteriegewehren auf *Pappkameraden*, wie es Franz ja schon gelernt hatte.

Es wurde Handgranatenwurf auf hölzerne Attrappen geübt, und es gab Übungen mit den Panzerfäusten. Er lernte, wie man Panzerfäuste einsetzte, um herannahende Panzer abzuschießen und den Vormarsch der Gegner aufzuhalten. Sie waren verhältnismäßig leicht zu bedienen, und aufgrund des geringen Gewichts waren sie auch einfach zu transportieren.

Doch Franz fiel es schwer, Soldat zu sein. Er wollte vergessen und verdrängen, was er auf dem Weg zum Wehrertüchtigungslager gesehen hatte: diesen unendlichen Zug von Menschen und deutsche SS-Männer, die unschuldige, Hilflose töteten. Aber er redete sich immer wieder ein: Hitlerjungen sind zäh wie Leder, flink wie die Windhunde und hart wie Kruppstahl!

Abends saß er mit den anderen Hitlerjungen noch lange zusammen. Sie sangen gemeinsam die Lieder, die ihnen Kraft, ja Energie geben sollten, um durchzuhalten.

„Unsre Fahne flattert uns voran.
In die Zukunft ziehn wir Mann für Mann.
Wir marschieren für Hitler durch Nacht und durch Not,
Mit der Fahne der Jugend für Freiheit und Brot.

Unsre Fahne flattert uns voran.
Unsre Fahne ist die neue Zeit.
Und die Fahne führt uns in die Ewigkeit.
Ja, die Fahne ist mehr als der Tod."

Das gemeinsame Singen gab ihnen ein Gefühl der Kraft und die Bereitschaft, alles zu geben. Das Lied erinnerte sie an den Film *Hitlerjunge Quex*, den sie damals gesehen hatten und der sie so begeistert hatte.

Immer wieder machten sie sich Mut mit den Worten und den Sätzen, die ihnen ihr Lagerführer immer wieder vorbetete: „Unsere stärkste Waffe, die stärkste Waffe aller Deutschen ist die Liebe zu Adolf Hitler. Es geht darum, diese Waffe dauerhaft zu erhalten und abzurufen!"

Das sollte sie stärken, dieses *Ja wir schaffen es gemeinsam mit dem Führer!*

Auch hier gab es regelmäßig Heimabende, die Franz an früher erinnerten, als er noch mit Johannes gemeinsam zu den Heimabenden gegangen war.

Nun ging es – so war noch immer die Botschaft – um die angeblich notwendige Ausweitung des deutschen Lebensraums, also um die künftigen Nachkriegsordnungsaufgaben. Und dazu sei es notwendig, so hieß es noch immer , die jüdisch-bolschewistische Ideologie auszuschalten und zu überwinden, so dass sich die wahre deutsche Rasse durchsetzen und die Menschheit zu sich kommen könne. Deshalb seien auch seine Ausbildung hier im Wehrertüchtigungslager und sein Einsatz im Volkssturm nötig.

Der Krieg musste solange verlängert, ja hinausgezögert werden, bis die *Wunderwaffe* endlich eingesetzt werden und dem Krieg die entscheidende Wendung geben konnte – und schließlich zum Sieg führen würde, so dass der Kampf jetzt und all die Opfer, die sie erbracht hatten und die zu bringen sie weiterhin bereit waren, seinen Sinn bekäme – im Nachhinein.

Das wurde ihm, wurde ihnen noch immer eingeredet, und daran wollte, ja daran musste Franz noch immer glauben – trotz aller Zweifel.

Kriegsende

Die Volkssturm-Einheit hatte sich in eine Einöde zurückgezogen, in einen leerstehenden, halbverfallenen Bauernhof, weit abseits des Dorfes, das von den alliierten Truppen bereits eingenommen war. Der Einödhof war einen einstündigen Fußmarsch vom Dorf entfernt und stand seit Tagen wiederholt im Kreuzfeuer der Alliierten. Noch nie hatte Franz so eine Angst in sich gespürt wie jetzt.

Als sie nach dem Abendessen zusammensaßen, sagte Thomas, einer der Soldaten, die mit Franz im Wehrertüchtigungslager gewesen waren:

„Wir werden den Krieg verlieren. Wir haben keine Chance mehr, den Krieg zu gewinnen. Unsere Feinde werden sich an uns rächen, und für alles, was wir den Juden angetan haben, werden wir büßen müssen. Die tausendfachen Tötungen von unschuldigen Menschen, wir haben sie zugelassen. Und die Grausamkeit und Unmenschlichkeit der russischen Soldaten, von denen man immer wieder hört, ist das nicht eine Reaktion auf die Gräueltaten, die wir im Feindesland, ja auch in Deutschland begangen haben? Diese Gräueltaten und Grausamkeiten fallen auf uns zurück. Wir werden nicht mehr frei sein davon, unser ganzes Leben. Und es zeigt sich auch: Die Juden, die Bolschewisten sind viel stärker, als wir dachten. Sie zeigen sich jetzt mit all ihrer Stärke und Macht. Klar, dass sie sich an uns rächen wollen!"

„Wie kommst du dazu, solche Lügengeschichten zu erzählen? Wir mussten doch", sprach Ralph, der Bannführer, der die Volkssturm-Einheit leitete, „alles versuchen, das Judentum auszuschalten, weil sie für das Böse in der Welt verantwortlich sind und die Weltherrschaft an sich reißen wollen! Erinnert euch doch daran, was Hitler in *Mein Kampf* zu *Die Weisen von Zion* geschrieben hat. Außerdem dürfen wir nicht verlieren, auf keinen Fall, es darf nie mehr einen November 1918 geben!"

„Ein Bekannter von mir", sprach Thomas weiter, „hat mir mal erzählt, was er als Fahrer bei einer Polizeitruppe in Russland erlebt hatte., Er berichtete von grauenhaften Massenmorden an Juden in Kiew, und ich erinnere mich jetzt an ein Gespräch mit einem Soldaten, der von fürchterlichen Grausamkeiten in Polen, von Massenmorden an der jüdischen Bevölkerung berichtete. Da gab es Juden, die vor einem langen, tiefen Graben aufgestellt wurden und denen – auf Befehl der SS – in den Hinterkopf geschossen wurde. Sie fielen in den Graben, aus dem Schreie der noch Lebenden drangen. Ich hab das nicht geglaubt, aber jetzt, jetzt, wo alles verloren ist, da kommt es hoch. Wir werden dafür büßen müssen."

Franz, der das alles mit angehört hatte, stand schließlich auf, lief zu seinem Schlafplatz und legte sich schlafen.

In der Nacht träumte er von *Hitlerjunge Quex*, der unter dem Artilleriefeuer der Alliierten gefallen war. Er sah ihm ins Gesicht und erkannte wie in einem Spiegel sich selbst. Er sah einen ganz schwachen

Jungen, der scheinbar gleich sterben würde, wie er von einem anderen hochgehoben wird und dabei stammelt: Unsre Fahne flattert uns voran.

Dann, kam Adolf Hitler auf ihn zu, griff seine Hand, sprach *Komm mit!* und zog ihn hinter sich her, bis sie vor einem riesigen Abgrund standen. Er zog ihn mit hinab und sie fielen den zerstörten Städten entgegen und dem millionenfachen Tod, den Hitler über die Menschheit gebracht hatte. Nichts blieb zurück, die deutsche Volksgemeinschaft, die zum Herren der Erde werden wollte, bedeutete Zerstörung, Vernichtung, Ausrottung, Tod.

Am nächsten Morgen nahm Franz eine Panzerfaust und verließ den Einödhof. Er lief so schnell er konnte Richtung Wald, doch ein Tiefflieger flog auf ihn zu, regelrecht zu ihm hinab. Franz warf sich nieder, mit der Panzerfaust in der Hand, und versteckte sich unter einem Busch am Rande des Waldes. Als der Tiefflieger wieder verschwunden war, raffte er sich völlig durchnässt wieder auf. Doch Soldaten in Panzern näherten sich, und mit ihnen auch Ralph und Thomas und die anderen vom Volkssturm, mit denen er am Abend zuvor noch zusammengesessen hatte.

Es fielen Schüsse und Thomas ging zu Boden.

Doch Franz hielt noch immer die Panzerfaust in der Hand. Nun war es an ihm, die Panzer auszuschalten.

Aber dazu kam es nicht, denn plötzlich stürmten drei Soldaten auf ihn zu. Sie überwältigten ihn und rissen ihm die Panzerfaust aus der Hand. Dann nahmen sie ihn fest und sagten: „The war is over. Go home to your mother! "

Blick in die Tiefe & Déjà Vu

Franz machte sich früh am Morgen auf den Weg zur Almhütte. Die Sonne hinter dem Gebirgspanorama stieg langsam am Horizont empor. Er ging den Serpentinenweg hoch und ließ die kleine Almhütte, in der er die nächsten Tage verbringen wollte, hinter sich. Es ging ihm viel durch den Kopf, ausgelöst durch den seit einigen Monaten laufenden Auschwitzprozess.

Was hat das mit mir zu tun? Wir wussten doch gar nichts von alldem, wir haben doch keine Schuld, wir haben doch nur getan, was wir tun mussten! Lasst uns verdammt nochmal mit der Vergangenheit und euren Schuldzuweisungen in Ruhe!

Er liebte die Einsamkeit hier, die Schönheit der aufgehenden Sonne. Die finsteren, düsteren Gedanken, die immer wieder hochkamen, versuchte er, mit jedem Schritt, den er vorwärtsging, hinter sich zu lassen. Er sah nach unten in einen Garten, der von einer hohen Mauer umgeben war, an der eine große Eiche stand, die er berühren konnte, so hoch war sie, so nah stand sie bei ihm. Unten auf der Wiese des Gartens lagen Menschen in Liegestühlen, Familien mit Kindern, und sonnten sich. Plötzlich ergriff ihn ein tiefer Schwindel: Menschen in ganz einfacher Kleidung bewegen sich mühsam fort, können sich kaum auf den Beinen halten, manche liegen wie leblos auf dem Boden, mager, mit dürren, eingefallenen Gesichtern wie Knochengerüste, nur noch Haut und Knochen, kaum mehr Leben in ihnen, Frauen, Männer, junge, alte Menschen, auch Kinder. Das Einzige, was zählt, sind Führer, Volk und Vaterland. Junge Menschen stürmen in einen Buchladen, werfen Tische um, zerschlagen Tischplatten, zerstören Bücherregale, zertrümmern Stühle, trampeln mit ihren Füssen auf den Büchern herum, demolieren alles, was ihnen in die Hände fällt. Juden sind hier unerwünscht. Jetzt geht der Jude endlich kaputt, jagt ihn davon. Ein kleines Mädchen schreit weinend um Hilfe. Ein Mensch schlägt auf das Mädchen ein. Halts Maul, du Sara, du!

Ein Hund läuft durch den Garten.

Ein Schäferhund muss rasserein gehalten werden. Wir als deutsche, reinrassige Schüler dürfen stolz sein, denn das deutsche Volk ist die wichtigste aller nordischen Rassen. Da, schau her, schau, der Dreckjude, der den Krieg macht. Schau, was fällt dem ein, einfach einem Arier einen Platz wegzunehmen? Steh auf, du Dreckjude, du, aber sofort!

Ein Junge wird von einem anderen hochgehoben.

„Unsre Fahne flattert uns voran.
In die Zukunft ziehn wir Mann für Mann.
Wir marschieren für Hitler durch Nacht und durch Not,
Mit der Fahne der Jugend für Freiheit und Brot.
Unsre Fahne flattert uns voran.
Unsre Fahne ist die neue Zeit.
Und die Fahne führt uns in die Ewigkeit.
Ja, die Fahne ist mehr als der Tod."

Wir müssen diesen vom jüdischen Denken infiltrierten Menschen, wo auch immer wir ihnen begegnen, entschlossen entgegentreten. Vor allem vor den Juden müssen wir uns in Acht nehmen, die planen die Weltherrschaft. Ein Zug, alle Menschen mit Judenstern stehen ganz dicht beieinander, können sich nicht bewegen, so eng ist es. Ein Mädchen winkt weinend jemandem zu, der draußen dem vorbeifahrenden Zug nachschaut, neben ihr steht einer von der Gestapo.

Unsere arische Volksgemeinschaft braucht ihren Lebensraum, um sich verwirklichen zu können. Der Dienst mit der Waffe wird zu einem wichtigen Teil unseres ganzen kämpferischen Lebens. Schwankende Menschen, die sich kaum auf den Beinen halten können, ein Mädchen, das sich verzweifelt an zwei Erwachsenen festklammert: Bitte, bitte, hilf mir, ich verdurste! Menschen werden von einem in SS-Uniform erschossen. Die infernalische Weltpest Bolschewismus muss ausgerottet werden, und an deren Beseitigung mitzuhelfen, ist Pflicht eines jeden verantwortungsbewussten Menschen.

Auf einem Spielplatz spielen friedlich und innig ein Junge und ein Mädchen im Sand.

Ein Junge schießt wieder und wieder und wieder. Menschen, Juden, vor einem langen, tiefen Graben, ein Mensch von der SS erteilt den Befehl, sie zu erschießen. Franz sieht sich mit einer Panzerfaust in der Hand. Hitlerjungen sind zäh wie Leder, flink wie Windhunde und hart wie Kruppstahl. Er sieht sich nähernde Panzer, gespaltene Panzer, Totenschädel, die ihn anstarren und ihm zuflüstern.

Franz lief den Serpentinenweg hinab, so schnell er konnte, wollte den Bildern, den Menschen entkommen, doch sie liefen ihm nach. Er sah ihre Körper, sie verfolgten ihn, wohin er auch lief, da hörte er eine Stimme:

Folge nicht dem Nationalsozialismus, sondern folge der Bundesrepublik Deutschland, vergiss, was gewesen ist, und begrüße die blühenden Landschaften, das Deutschland des wirtschaftlichen Aufschwungs und Wohlstands

Verwendete Literatur:

Erika Mann (1989): Zehn Millionen Kinder. Die Erziehung der Jugend im Dritten Reich. dtv, München, S. 20–23, S. 88, S. 90–94, S. 131, S. 144

Michael Buddrus (2003): Totale Erziehung für den totalen Krieg. Saur, München, S. 179

Benjamin Ortmeyer (2013): Indoktrination: Rassismus und Antisemitismus in der Nazi-Schülerzeitschrift „Hilf mit!" (1933–1944). Beltz Juventa, Weinheim/Basel, S. 44, S. 55, S. 57–58, S. 66, S. 84, S. 99, S. 102–107, S. 118

Benjamin Ortmeyer, Katharina Rhein (2015): NS-Propaganda gegen die Arbeiterbewegung 1933–1945. Belz Juventa, Weinheim/Basel, S. 38–43, S. 51, S. 97–98

Friedrich Kellner (2011): Vernebelt, verdunkelt sind alle Hirne. Tagebücher 1933–1945. Wallsteinverlag, Göttingen, S. 191

Michael Wildt (2008): Geschichte des Nationalsozialismus. Vandenhoeck & Ruprecht, Göttingen, S. 180

Victor Klemperer (2015): Ich will Zeugnis abgeben bis zum letzten. Tagebücher 1933–1945. Aufbau, Berlin

Nicholas Stargardt (2006): „Maikäfer, flieg!“: Hitlers Krieg und die Kinder. Deutsche Verlags-Anstalt, München, S. 314–315, S. 355

Hans Holzträger (1990): Die Wehrertüchtigungslager der Hitler-Jugend 1942–1945. Verlag des Arbeitskreises für Geschichte und Kultur der Deutschen Siedlungsgebiete im Südosten Europas, Ippesheim

Helmut Stellrecht (1936): Die Wehrerziehung der deutschen Jugend. E. S. Mittler & Sohn, Berlin, S. 101

Reichsjugendführung (Hrsg.) (1939): Unser Liederbuch. Lieder der Hitlerjugend. 3. Auflage, Zentralverlag der NSDAP, Franz Eher Nachfolger, München (Vorwärts, vorwärts, Wir tragen das Vaterland, Dichtung und Weise)

Wolfgang Stumme (Hrsg.) (1935): Junge Gefolgschaft. Neue Lieder der Hitlerjugend. Instrumentalausgabe 1.–3. Tausend, Georg Kallmeyer Verlag, Wolfenbüttel/Berlin (Es zittern die morschen Knochen)

Zeitfracht Medien GmbH
Ferdinand-Jühlke-Straße 7
99095 Erfurt, Deutschland
produktsicherheit@kolibri360.de